福音《ふくいん》ソフトボール

ー山梨ダルクの回復記ー

三井ヤスシ

福音ソフトボール

―山梨ダルクの回復記―

装画・装丁・本文デザイン　三井ヤスシ

「プレイボール!!」

主審の声が、高らかにグラウンドに響き渡る。今ここに、山梨ダルクと山梨県警ソフトボールクラブによる、奇跡のドリームマッチの火ぶたが切られた。

1

二〇一一年九月。

大きな台風が近づき、生温かい風とともに次第に強まる雨の中、私は山梨にある薬物依存症者の回復施設・山梨ダルクの事務所に到着した。雨合羽を脱ぎ、扉の前に立った私の脳裏には一抹の不安があった。私の中に、薬物依存というと「犯罪者」や「暴力団」といったダーティーなイメージがあり、できれば関わりたくない人たちという思いがあったからだ。では、なぜここに来たのか。自分でもよくわからない。ただ、私の背中を押す「何か」が働いているように感じるのだった。

扉の前に立つ私の上に、パラパラと雨粒が落ちる。深呼吸をして、思い切って扉を開けた。

「こんにちは」

事務所内のスタッフが、一斉にこちらを振り向く。すると一番奥のデスクに座っていた男性が立ち上がり、にこやかに近づいて来た。

「お待ちしておりました」

山梨ダルク代表の、佐々木広さんだった。

＊

「意志が弱いとか自堕落だからといった精神論で、薬物依存症に苦しむ人たちの何を変えられるというのでしょうか」

事務所の隣にある応接室に通され、黒いソファに座った佐々木さんが話し始めた。依存症は、その人間の意志の弱さに原因があり、苦しむのは自業自得と考える風潮は、いまだに根強い。

薬物乱用防止のポスターでも「ダメ、ゼッタイ!」とあるのが常だが、そうしたステレオタイプの言葉だけでは、依存症で苦しむ人たちを救えない、と佐々木さんは言う。

「実際に依存症で苦しむ人たちを救うには、精神論を振りかざすのではなく、的確な回復プログラムを提供すべきなんです」

山梨ダルクのスタッフは、依存症から回復し、今なおその途上を歩む人たちで構成されている。依存症の苦しみは、当事者同士でなければわからない。回復の先を行った先輩たちが、苦しみの最中にいる依存症者を仲間として受け容れて、自分自身を見つめ直すグループミーティングをともに重ね、薬物に依存しないで生きていけるように手助けするのである。

カフェインレスの紅茶をすすりながら、佐々木さんを中心に、回復の途上にあるメンバー数人を交えながら話が進む。応接室の壁には、白地に青の大きなダルクの旗が掲げられ、その向かいの壁には、ローマ法王だったヨハネ・パウロ二世が、黒髪の男性に何かを授与している写真が掛けられている。その男性は、日本ダルク創始者の近藤恒夫さんであろう。

黒いソファの角が破けて、黄色いスポンジが顔をのぞかせている。

「伝道師みたいなものですよ」

佐々木さんは笑みを浮かべながらこう言った。恩師の近藤恒夫さんから、「山梨に行ってダルクを開設しなさい」と言われて、命ぜられるまま、何のツテもなく山梨に来たのが、二〇〇八年二月。与えられた資本金はたった三万円。行政に手助けをお願いするものの、お金は貸してくれない。とにかく資金が必要で、資金集めに東奔西走するも、なしのつぶて。困った佐々木さんが最後に駆け込んだのが、カトリック甲府教会だった。

「初めて神様に祈ったのは塀の中でね」

佐々木さんはポツリと呟《つぶや》いた。

「もう本当にどうにもならなくなってね。白旗を上げて神様に祈り始めたんです」

佐々木さんの視線が遠くを見つめる。薬物依存によって苦しみ、泥沼の底をついた時、佐々木さんは初めて自分の無力を認めた。佐々木さんの「底つき」は、冷たい塀の中だった。

「クスリを使った時だけは、楽になれたんです」

佐々木さんが覚せい剤に手を出したのは二二歳の時。当時、岩手県内の生命保険会社の営業をしていた佐々木さんは、友人の誘いがきっかけで、軽い気持ちで覚せい剤に手を出した。それは、輝くような体験だったという。だがその後、徐々にクスリの魔力に取り憑かれていき、乱用が進み、二年ほど経つ頃には幻覚や幻聴に悩まされるようになった。

「このまま使い続けたらヤバい」

そう思い、何度もクスリをやめる決意をし、試みてもみたが、どうしてもやめられない。やめては使い、またやめては使ってしまう、の繰り返し。どんどんどん、深みにはまっていった。使い始めて一〇年目。自分が誰かに狙われているという被害妄想が激しくなり、人間関係は悪化の一途を辿った。

「クスリをやめたい」

そう思ってもどうにもやめられない。破滅への歯車がまわり続け、どうしようもないところまで追いつめられた佐々木さんは、とうとう自首をした。懲役一年。執行猶予三年。初めての逮捕だった。

＊

逮捕された後も、クスリはやめられなかった。

「俺は意志が弱い。もっと強くならなければ……」

そう思い、覚せい剤の副作用である幻覚・幻聴から逃れるために精神安定剤と睡眠薬をボリボリとかじりながら、クスリの誘惑と毎日懸命に闘っていた。そんなある日、佐々木さんは妻から離婚を迫られた。クスリにより人間関係は最悪な状況に陥り、もうこの頃には、周辺の人たちはみんな佐々木さんから離れてしまっていて、誰もいなくなっていた。

「妻からも俺は見捨てられるのか」

「死のう」

そう思った佐々木さんは、自殺をはかった。手首をかき切り、腹に包丁を突き刺し、川に飛び込んだ。その後救出されて自殺は未遂に終わったものの、違法薬物の使用が判明し、逮捕。懲役二年六カ月。佐々木さんは山形刑務所に収監された。屈辱の日々だったという。

それから時は過ぎ、仮釈放の面接で、佐々木さんはこう約束した。

「もう二度と覚せい剤は使いません。強い意志をもって必ずやめます。自信があります」

本心だった。だが、それを聞いた面接官は眉一つ動かさず、冷たくこう言った。

「みんなそう言います」

＊

二〇〇二年一二月四日。佐々木さんは強い決意と希望をもって、仮出所した。

それから一四日後の一二月一八日二三時、佐々木さんは鉄格子の中で幻覚、幻聴と闘っていた。覚せい剤取締法違反で三度目の逮捕。刑務所を出てからわずか二週間だった。

冷たい鉄格子の中、佐々木さんを嘲笑《あざわら》うかのような寒さが骨身にしみる。涙がこぼれた。わんわん泣いた。

「俺はクスリがやめられない。無理だ。もうどうにもならない」

この日、この夜、佐々木さんは初めて、クスリをやめることを諦めた。覚せい剤を使って一二年。佐々木さんは青森刑務所に収監されていた。生きることに心底疲れ果て、生まれて来たことを後悔する毎日。

「刑務所を出たら死のう」

そう心に決めた。

刑務所の消灯は二一時。佐々木さんは布団をかぶり、同房の受刑者に気づかれないように、毎晩泣いた。生まれて来たことを呪い、神様を憎みながら。

そんなある日、同房の受刑者から一冊の本を薦められた。『馬鹿でもいいサー』という本だった。読んでみると、ダルクのことが書いてあった。

生きていることを後悔し、死ぬことを決意していた佐々木さんの心に、少しだけ風が吹いた。

「出所したらダルクに行ってみようか……」

二〇〇四年一二月一四日、佐々木さんは満期で青森刑務所を出所する。翌日には仙台ダルクに到着。仙台ダルクに着くと、施設長の飯室さんが出迎えてくれた。

「お前のことは全部わかっている」とだけ言って、ただただ抱きしめてくれた。佐々木さんは涙が止まらなかった。

「今でもあの懐のぬくもりは忘れない」

佐々木さんはそれ以来、クスリに手を出していない。どうしてもやめることができなかったクスリを、今日この日までやめているという奇跡。

「あのとき、死ななくてよかった」

佐々木さんは心の底からそう思う。

「薬物依存症は病気であり、意志や根性でどうにかなるものではないのです。だから、正しい治療を受けてほしい。もうがんばらなくていいんだよ」

佐々木さんはこのメッセージを、山梨ダルクで発信し続けている。

2

私が山梨ダルクの存在を知ったのは、山梨県立北病院の外来に掲示されていたポスターからだった。ダルクの存在自体は何となく知ってはいたが、山梨にあるとは知らなかった。

ポスターの文章を読んでみると、ダルク（DARC）とはドラッグ（Drug=薬物）のD、アディクション（Addiction＝嗜癖、病的依存）のA、リハビリテーション（Rehabilitation=回復）のR、センター（Center=施設、建物）のCを組み合わせた造語であり、薬物依存症からの回復施設であること、また甲府市にも施設があるということがわかった。

「薬物依存症からの回復って大変なんだろうな」と、その時はぼんやりと眺めるだけだった。

＊

暑さ厳しい真夏の日曜日。私はミサにあずかるため、カトリック甲府教会へ行った。大正時代に建てられた聖堂にはエアコンがなく、窓は全開、型の古い扇風機は音をたてながら首を左右に振っている。大粒の汗を拭いながら、司祭がミサを執り行う。ミサの最後、聖歌が響き渡る聖堂を、司祭がゆっくりと後にした。ミサの後にお知らせの時間があるのだが、壇上に体の大きな男性が上がり、話し始めた。

「皆様、こんにちは。山梨ダルクの毛利です」

その男性はこう挨拶をし、何回も頭を下げながら、カトリック甲府教会の日頃の支援に対して、感謝の意を述べた。

「これからも温かなご支援のほどを、よろしくお願いします」

そう言って、毛利さんは壇上から席へと戻った。お知らせの時間が終わり、信徒の皆さんはそれぞれ出口へと向かう。聖堂の出口に毛利さんともう一人の女性が立ち、帰って行く信徒の皆さんに、「甲斐福記《かいふくき》」という山梨ダルクのニューズレターを配っていた。病院で見た山梨ダルクのポスターのことが頭に浮かび、平身低頭感謝を述べる男性に好感をもった私は、思い切って声をかけた。

「こんにちは」と名刺を差し出すと、毛利さんと女性は突然の出来事に少し戸惑った様子を見せたものの、すぐににこやかな笑顔で名刺を下さった。いただいた女性の名刺には「山梨ダルクスタッフ　遠山伸子」とあった。その場は簡単なご挨拶と名刺の交換で、二人と別れた。

陽は高く、蝉の鳴き声が辺り一面に響き渡る。風は熱く、木々の葉を揺らし、その影が教会の庭を踊っている。真っ青な空には一本の飛行機雲が伸びていた。

＊

山梨ダルクの開設は二〇〇八年二月。佐々木さんは何のツテもなく、日本ダルクの近藤恒夫さんに命ぜられるままに山梨に来た。資本金として渡された三万円と、御徒町の大黒屋で売り払った佐々木さんのロレックス代金二八万五〇〇円を握りしめて。

山梨の冬は厳しい。甲府市内は雪こそあまり降らないが、八ヶ岳から吹き下ろす北風が、切り裂くような鋭い音をたてて甲府盆地に吹きつける。凍てつくような寒さの中、山梨ダルク開設準備のため奔走していた佐々木さんは、ストーブのない事務所で、みの虫のように毛布を身体に巻きつけて眠った。

ないない尽くしでスタートした山梨ダルクであったが、始めてみると、山梨県内の報道機関をはじめ、悩みを抱えた相談者が怒濤《どとう》のように訪れて来た。佐々木さんは右往左往、東奔西走、まさに風林火山のごとく、あちこちを走り回る日々となった。

＊

そもそもダルクとは何だろう。ダルクとは、薬物依存症から回復したいと望む人たちが集まり、共に暮らしながら回復プログラムを行う場である。

プログラムの基本は、一定期間、毎日三回のグループミーティングに参加し続けること。回復を望んで集まった人たちの多くは、ダルクの寮に入り共同生活をする。
病気からある程度回復した患者が、治療初期の患者に対して治療者としての役割を演ずる。すると両者がもつ「治療的な力」が引き出されることが、二〇世紀初頭に明らかになった。そして共同体の中で自主的に生活を営むことが、さらに大規模な集団の治療に効果があることも証明された。

その実践としてダルクでは、すでに薬物依存症からの回復をめざして歩んでいる人たちと、今苦しんでいる最中にいる人が共に生活をし、自身を見つめ直し、支え合うことによって、お互いがより効果的に薬物依存症からの回復に向かうというのである。

日本ダルクの発祥は一九七四年、アルコール依存症から回復した、アメリカのカトリック・メリノール教会のジャン・ミーニー神父が、アルコール依存症者のための施設「大宮ハーフウェイハウス」を設立したことに遡る。ハーフウェイハウスでは、AA（アルコホーリクス・アノニマス＝匿名のアルコール依存症者の集まり）の方法が実践された。ここでアルコール依存症からの回復を果たした人々が、同じような治療共同体を作ろうと日本各地に設立したのが、マック（MAC＝Maryknoll Alcohol Center）である。

日本ダルクの創始者・近藤恒夫さんも、初めは札幌マックでアルコール依存症の人々と共に治療プログラムを受けていたが、薬物依存症者の集える場所がほしい、と考えるようになった。

その後、ハーフウェイハウスは東京台東区三ノ輪に移転し、三ノ輪マックとして発足。ここへ、ミーニー神父に招かれて北海道から上京していた近藤さんは、かねてからの願いだった薬物依存症者中心の入寮施設を作ろうと思い立つ。一九八五年、近藤さんはロイ神父やメリノール教会から資金援助を受け、東日暮里の二階建て木造建築を借りて日本ダルクを開設した。

間をおかずして病院や警察から、次々と入寮者が送られてきた。紆余曲折を経るものの、一年後の回復者は五名を数え、その後も着実に回復者を送り出している。

現在、ダルクは全国に広がり、四〇を超える都道府県、約六〇箇所で活動している。山梨ダルクは五一番目のダルクとして、甲府市に開設された。

＊

山梨ダルクの皆さんとの出会いから、私の薬物への認識が変わっていった。覚せい剤というと、一般には縁のないものに思えるが、きっかけは日常の中にある。

お酒（アルコール）やタバコ（ニコチン）は、どちらもコンビニで簡単に手に入り、ゲートウェイドラッグ（薬物の入口）と言われている。薬物依存に苦しむ人の多くは、酒とタバコの常習が平均以上に高いことから、この二つも依存性のある薬物であるという認識を、家庭内でしっかりともつ必要性がありそうだ。シンナーなどの有機溶剤やカセットコンロのボンベなどは、ホームセンターで買うことができるし、病院から正しく処方される薬でも、用法・用量を守らずに使い続ければ依存症になり得る。ドラッグストアで販売されている鎮痛剤や咳止め薬も同様である。

つまり、我々の生活の場の至るところに、薬物依存の危険性は存在する。しかも今はインターネットの普及で、その気になれば誰でもどこでも違法薬物が手に入る。さらに違法ではないとされる薬物、いわゆる脱法ハーブも急激に広がり続けている。

薬物依存は、普通に生活している我々にとって別世界のことではなく、まさに我々と地続きの世界なのだ。

そもそも薬物依存とは、どういうことだろう？　薬物依存症とは、薬物をやめたくてもやめられない状態に陥る、ＷＨＯが認定する精神障害である。薬物依存症に苦しむ患者は、日本に約二〇〇万人以上とも推定されている。

「薬物依存症者が繰り返し刑務所に入って、国の矯正教育を受けても何も変わらないという結論に達するには、もう充分過ぎる時を経たのではないだろうか」

と佐々木さんは言う。

山梨ダルクの扉を叩く人は、刑務所を満期出所した人が多い。刑務所から出て来たものの、身寄りも行き場もなく、経済的基盤すらもたない人たちはどうしたらいいのか。

「素っ裸同然で出所した薬物依存症者は、ぜひ山梨ダルクに連絡してほしい」

佐々木さんはこう話す。

薬物依存症で苦しみ、ダルクに繋がって回復した人たちが、今現在、苦しみの最中にいる薬物依存症者を助けている。
山梨ダルクは、それぞれの命を繋いでいく場なのである。

3

カトリック甲府教会で、山梨ダルクの毛利さんと遠山さんにお会いしてから数カ月経ったある日、新聞を読んでいて一つの記事に目がとまった。見出しは、

「山梨ダルク vs 県警　ソフトボール対決」

記事によれば数年前から毎年秋に、山梨ダルクのメンバーと山梨県警のソフトボールクラブが交流試合をしている、とある。山梨ダルクのメンバーがスポーツで汗を流したいと思い、ソフトボールの対戦相手を探してみたものの、薬物依存症者のチームと聞いて、どのソフトボールクラブも相手をしてくれなかった。対戦相手探しに困った山梨ダルクの窮状を聞いた山梨県警のソフトボールクラブが「誰も相手をしてあげないのなら、俺たちが相手をしてやる！」と対戦相手を引き受けてくれたことがきっかけで、この交流試合が始まったという。

なんていい話なんだろう。捕まる側と捕まえる側が、仲よくソフトボールをするの

である。その時、私は閃《ひらめ》いた。「このいい話を一冊の本にしてたくさんの人たちに届けることはできないだろうか？」と。私はイラストレーターで、絵を描くことが本業だが、この山梨ダルクと県警ソフトボールクラブの交流試合を一冊の本にしたいと思った。そう、突然に。文章を書くのは初めてなので、どれだけ時間がかかるかわからないし、読むに耐えうる作品になるかもわからない。ただ、この話を本にしたい。そう思い、山梨ダルクにお邪魔するようになったのである。

＊

二〇一二年一一月三日。

うろこ雲が空を覆い、その隙間から、時折太陽が顔をのぞかせている。秋も深まり、街路樹も葉の色を黄色から赤へと変えている。山梨県中央市にある、田富小学校グラウンド。今回で五回目となる、山梨ダルクと山梨県警ソフトボールクラブとの対抗試合が、今から行われる。

九時三〇分。山梨ダルクのメンバーが、グラウンドへ次第に集まってくる。ラインを引く者、トンボで地ならしをする者、周辺で交通整理や道案内をしている者など、それぞれの役割をテキパキとこなしている。

一塁側ベンチは、山梨県警察本部のソフトボールクラブ。「うぉーす」と県警チームの選手も集まって来た。三塁側ベンチの山梨ダルクは青いビニールシートを広げ、スタッフがこれからのスケジュールを入念に確認している。

グラウンドの整備が終わると、各チーム、それぞれのベンチ付近でストレッチを始める。山梨県警ソフトボールクラブの選手たちは若手中心で構成されており、白と紺のお揃いのユニフォーム。髪は短く刈り揃えられ、がっしりとした体躯は日頃の鍛練を感じさせる。二人一組になってテンポよく足を高く上げたり、背中を合わせるストレッチの様子から、普段このような試合を数多くこなしていることがわかる。

この日は二試合が行われる。一試合目は「山梨ダルク亀さんチーム」で、全ての選手が現役の山梨ダルクのメンバーで構成されたチーム。続く二試合目は、山梨ダルクOBを含めた関東近辺のダルクから選抜された「ドリームチーム」による真剣勝負である。

一試合目に出場する山梨ダルク亀さんチームのメンバーは、この日のために毎週甲府市内の公園などで練習を積んできた。一方、山梨県警ソフトボールクラブは二カ月に一度、県内の公式戦に出場しており、日々の自主練習を怠らない。

ストレッチが終わると、今度はキャッチボールが始まった。「バシーン」という捕球音が、グラウンドいっぱいにこだまする。県警チームの送球は鋭い。私のような素人目にも、球筋のよさがハッキリとわかる。キャッチボールする距離を段々と広げ、相当な距離でも余裕で遠投できる肩の強さを見せつける。

背後から、「おはよう」と佐々木さんが現れた。私の前を通過して、トコトコと県警ソフトボールクラブの深澤幸二監督のところに行き、深々と頭を下げた。

「本日はよろしくお願いします」

グラウンドでは、キャッチボールに続き、各ポジションのノックが始まった。初めは県警ソフトボールクラブ。深澤監督の鋭い打球が各ポジションへ飛ぶ。県警チームの動きは軽く、フライもショートバウンドも難なく捕球し、捕ってから一塁へ投げるまでの一連の動きが、実に滑らかである。身体も温まってきたようで、フットワークも軽い。

一五分ほどのノックが終わると、県警ソフトボールクラブはベンチに戻り、山梨ダルク亀さんチームのノックが始まった。「声出していこう!」、ファーストを守る毛利さんの声が響く。グラウンドに駆け出した選手が、それぞれのポジションにつく。初めは笑顔がこぼれた山梨ダルクのメンバーも、次第に真剣な表情になる。一生懸命走り、捕り、投げる。何だかとても楽しそうだ。両チーム身体が温まったところで、開会式が始まった。


グラウンド中央に、山梨ダルクのメンバーと山梨県警ソフトボールクラブが並ぶ。まずは山梨県警ソフトボールクラブの深澤監督による、開会の挨拶。

「五回目を迎えるこのソフトボール大会は、あくまで薬物依存症からの立ち直りを助ける、回復プログラムの一環として行っていることを、ぜひご理解いただきたい」と話された。次に、山梨ダルクを代表して毛利さん。

「フェアプレーに徹し、今日一日、薬物を断ちきって生きる喜びを感じながら、勝ちにこだわりたいと思います」

次に選手宣誓。山梨ダルクのベンさんと県警チームの機動隊所属のお巡りさんが前に出て、右手を高々と挙げ、「宣誓！」、と今日の試合への意気込みを大きな声で誓った。

選手宣誓をしたベンさんが山梨ダルクに繋がったのは今から四年前。東京のアパリ（ＮＰＯ法人アジア太平洋地域アディクション研究所）本部の紹介で、札幌刑務所を出所して、そのまま山梨ダルクにやって来た。覚せい剤で七度の服役。刑務所に入ってもやめられなかった覚せい剤が、山梨ダルクに来て止まっている。熱心にウォームアップしたベンさんの額には、うっすらと爽やかな汗が光っている。

続いて始球式。ピンクのＴシャツに身を包んだ女性がマウンドに立つ。女性の名前は竹越秀子さん。山梨ダルクの事務所の大家さんである清水節子さんのご長女で、元山梨県衛生薬務課、保健所で薬物対策のエキスパート、現山梨市市長竹越久高氏夫人である。山梨ダルクの事務所は、その物件を利用していた知的障がい者団体が引っ越していった直後に、山梨ダルクが利用したいと申し出たそうだ。

竹越さんのお母様である清水節子さんは、甲府市議会の議員を六期務め、障がいのある人々に理解があった。山梨ダルクから事務所として清水さんの建物を貸してほしいと打診があった時、家族会議を開いたという。会議の中、清水さんの「彼らは過去において確かに犯罪者だったが、もう一度人生をやり直そうとする気持ちを無視することはできない」という意見で皆が一致し、建物を貸すことに決めたという。ただし建物を貸すのにあたって、二つ条件を出したという。それは「建物の外でタバコを吸わないこと」と「環境整備」だった。山梨ダルクの存続は近隣住民の理解と協力が必要と考えた竹越さんの、「ダルクのみんなが近隣の住民に誤解を与えるような生活態度をとって、自ら復帰のチャンスを逃してほしくない」という願いからだった。

「だから近所の方からは、何の抵抗もありませんでした。むしろ『みんな頑張っているね』と声をかけられ、いろいろと助けていただいています」

笑顔でそう話される竹越さん。

一一月とはいえ日差しの厳しい中、竹越さんはお母様である高齢の清水節子さんと一緒に、この試合を応援に来てくれた。

「はーい、投げるよー」

始球式のマウンドは竹越さんだ。手に収まりきらない大きなソフトボールをむんずと掴み、力一杯ミットに向けて投げる。ボールは綺麗な放物線を描き、ノーバウンドでミットに収まった。満面の笑みで、ちょっと恥ずかしそうに小走りでマウンドからベンチに下がる竹越さん。両ベンチから拍手が沸き起こる。

これから第一試合。

山梨ダルク亀さんチームと県警チームの試合が、いよいよ始まる。

4

二〇一一年一二月。

冷え込みが一段と厳しくなり、何かと気ぜわしい師走のある日、私は再び山梨ダルクを訪れた。以前通された事務所から少し離れたところにある一軒家の山梨ダルク本部DSCで、佐々木さんとスタッフの中山さんとお会いした。

「こんにちは」

玄関口で声をかけると、奥からマスクをしたスタッフの中山さんがひょっこり顔を出した。

「あー、どうも」

鼻声の中山さんが、遠慮がちな笑顔を浮かべて迎えてくれた。室内はセンスのよいおしゃれな男部屋という印象。壁には山梨ダルクメンバーの思い出の写真が、ところ狭しと飾られている。一番奥のキッチンに通されると、綺麗なオレンジ色のソファに佐々木さんが腰をかけていた。

「あ、どうも。まあ、座って」

佐々木さんに促されソファに座る。中山さんがコーヒーを出してくれた。佐々木さんがコーヒーをすすりながら話し始める。

「俺、本当にこの人を憎んでいたんだ」

見つめる先には、壁に磔《はりつけ》にされたイエス・キリストの像がある。

「なんで俺に親がいないのか。なんで俺がこんなに苦しい人生を歩まなければいけないのか。そう俺に定めたこの人を、心底憎んでいました」

磔にされたイエスをじっと睨《にら》みつける。

「ただ、今になってみればその苦しみも、山梨ダルクのために与えられたと思えるようになったんです」

佐々木さんは、少しぬるくなったコーヒーをすすった。

佐々木さんは、物心つく前に母親が家を出て、四歳の時に父親が交通事故で亡くなった。叔父に引き取られたが、たびたび暴力をふるわれて育ったという。

「ちょっと用事があるので。今日はこれで失礼します」と佐々木さんが部屋から出て行くと、残された中山さんが鼻をすすりながら話し始めた。

「俺の父親はアル中、シャブ中でね」

身体の大きな中山さんが、小さく肩をすくめて、丁寧な口調で続ける。

「親のようにはなりたくないって思っていたんですけど……」

ゆっくりと時間が流れる。

「元々いじめられっ子でして……小学校高学年の頃にはシンナーを覚えて……シンナーってやせる一方なんですよ。その後は暴走族に入って」

マスクをはずし、ティッシュに手を伸ばして鼻をかんだ。

「自分って何もないくせに、人の上に立ちたいばかりで。周りから虐《しいた》げられていたから、暴力で見返してやりたかったんです」

ふっと寂しげな表情が浮かぶ。

「山梨、好きですよ。ずっと住み続けたい。だって、ダルクのみんなや自分の通っている教会の人たちの温かさに触れたから……」

中山さんは顔を上げてこう言った。

「でも、まだまだ自分は駄目なんですよね。グループミーティングの時に自分を否定されるようなことを言われて、カッとなってパイプ椅子をもって暴れちゃったことがあったんです……。本来ならその時点でここを追い出されるんです。でも、佐々木がこう聞くんです。『お前はどうしたいんだ』って。俺はこう言ったんです。『ここにいたい』って。佐々木はここにいるみんなを愛してくれてます」

中山さんは照れくさそうにはにかんだ。

中山さんは今、定時制の高校に通っている。いずれは手に職をつけて自立したいと考えている。将来を前向きにとらえること自体、薬物で苦しんでいた以前では考えられなかったことである。

＊

ジャスト・フォー・トゥデイ。ダルクの合言葉である。

常にあるクスリの誘惑。そんな時、「今日一日をクリーン（薬物を使わない）で生きる」。そのことだけを思って一日一日を過ごす。

仏教では、「時間の殺生」を重大な罪と考えるそうだ。昨日あった厭《いや》なことを引きずって、今日一日を憂鬱に過ごすことや、明日のことが心配で、今日一日を気が気でない思いで過ごすこと。これが「時間の殺生」である。

イエス・キリストも、「今日の労苦は今日だけで充分。明日を思いわずらうな」と言った。ダルクの合言葉、「ジャスト・フォー・トゥデイ」も同じこと。昨日は昨日。明日は明日。失敗も心配もあるけれど、今日という日だけを見つめ、この瞬間瞬間を大切に生きることが大事、ということが、この合言葉の真意ではなかろうか。

＊

佐々木さんは、こうも話された。

「俺たちにとって、クスリは本当に薬だったのです」

持病をもつ人は、毎日薬を服用する。医師から正しく処方された適正な分量の薬を。薬の服用をやめれば病状は悪化し、普通の生活を送れなくなってしまうことだろう。合法か違法かを除くと、持病をもつ人と薬、薬物依存症者とクスリの関係性は同じではないだろうか。「寂しさの痛み」から生まれる薬物依存症という心の病気を抱えた依存症者は、その「寂しさの痛み」を埋め合わせるために、「クスリという薬」を必要とするようだ。

＊

「自業自得」

佐々木さんが協力を願い出た先で、たびたび言われた言葉。メディアなどでも、薬物依存症者とくれば、「自業自得」と「自己責任論」が巻き起こる。法を破り、世間様を騒がせたかもしれない。だが、違法薬物に手を出した彼らが悪い、と断罪するのは容易であるが、日々報道されるニュースでは、なぜその人が罪を犯すまでに至ったのか、その経緯までは報道されない。

山梨ダルクに辿り着いた彼らの背景を聞くと、心が痛むことが多い。両親との死別。幼い頃からの虐待。過保護や過干渉。育児放棄やいびつな愛情。彼らの生い立ちを聞けば、幼い頃から「心の飢え」を抱えて生きてきたことがわかる。薬物に手を出し、つまずいた彼らを、単に「弱さ」で片づけてよいのだろうか？

「悪くなるには、原因が必ずあるのです」

佐々木さんは力を込めて言う。

＊

薬物依存症の人たちを危険な存在と考える人は多い。彼らと自分たちとの間に線を引き、関わらないように願う人もいる。しかし、彼らに無関心であることが、彼らをさらに孤立させ、薬物依存に拍車をかける、とは考えられないだろうか？　違法薬物の使用で逮捕され、何度も刑務所を出たり入ったりした場合にかかる費用は、一体誰が支払っているのか？　もし薬物依存症の彼らが、幻覚や幻聴に襲われた結果、人を傷つけてしまったらどうだろう？

　彼らを孤立させた結果、平穏な社会を脅かす存在にさせてしまうかもしれない。であれば、彼らに関心をもち、地域で受け入れ、的確な回復プログラムで薬物依存症からの脱却をサポートした方が、経済的にも、社会の安全保障という観点から見ても、効率的、合理的ではないだろうか？

「愛の反意語は無関心」という言葉を思い出す。

＊

「求めよ、さらば与えられん」

クリスチャンでなくとも知っている有名な聖句がある。薬物依存から何とか抜け出したいと本当に願うのなら求めなさい、とこの聖句から読み取ることができる。

佐々木さんは、「自分が救われたのは、『助けてください！』と求めたからなのです」と話す。自分の弱さを認められず、助けを求めることをしてはならないと信じていた昔の佐々木さん。「可哀想だったんだな」、と昔の自分を顧《かえり》みてそう思う。

佐々木さんは自分の弱さを認めたからこそ、今、生きている。

「生きていてよかった」

左手首に残る自殺の痕《あと》をじっと見つめながら、そう話された。

またこの聖句は、助けを求める必要性と同時に、助けを求められた側の姿勢も暗に示されているように思う。もし苦しんでいる人が手を伸ばして助けを求めてきたら、その手を握り返してあげなさい、と。

「パンを求めているのに、石を与える者がいるだろうか」と聖書は続ける。山梨ダルクのメンバーの中には、無一物で刑務所から出て来て、生活保護を受ける方もいる。人生は、スタートからして不平等だ。もし彼らが本当に薬物依存症からの回復を願い、困って助けを求めてきたら、ゆとりのある方はお金や物資の寄付を、ゆとりのない方は気持ちだけでも彼らに向けてほしい。

人生の底をついた彼らが、「生きる」ということに、ようやく向き合うことができたのだから。

5

第一試合。山梨ダルク亀さんチームと山梨県警ソフトボールクラブとの試合が始まる。山梨県警チームの先攻で試合が始まった。

守備についた山梨ダルクメンバーは次の通り。ピッチャー・フジ、キャッチャー・ヤス、ファースト・ガク、セカンド・タク、ショート・アツシ、サード・カズキ、センター・ラク、レフト・タクヤ、ライト・ベン。

ピッチャーのフジさんが、山梨ダルクに来たのは三年前。クスリの再使用で施設移動となり山梨ダルクにやって来た。佐々木さんやデイケア施設長の小林さんとは仙台ダルクで一緒だった。クリーンが続いている佐々木さんや小林さんは、「クスリをやめろ」とは言わない。「よかったら一緒に生き方を変えてみよう」と言ってくれる。フジさんは、山梨ダルクでこれまでの自分の生き方を見直し、クリーンを一日でも長く積み上げたいと思っている。

マウンドを足でならしてから、第一球を投げた。ストライク。

続いての第二球はボール。第三球、第四球はともに外れてボール。第五球はストライクでフルカウント。いったん打席を出て呼吸を整えた県警チームの一番バッターは、二、三度バットを振って再び打席に入る。ピッチャー・フジさん、第六球を投げた。

「カキン！」

大きな音とともに、打球は鋭くレフト方向に。あわやホームランと思われた打球は、ファウル。

「ふ〜っ」

山梨ダルクベンチから安堵の声。自分を落ち着かせるようにピッチャー・フジさん、深呼吸をしてからの第七球は、バスンという音とともにキャッチャーミットに収まった。ストライク、バッターアウト！　山梨ダルクのベンチから「わーっ!!」と歓声の声が上がる。

続く二番バッターが打席に入る。ピッチャー・フジさん、ツーボール・ワンストライクからの第四球目。

「カン！」

鋭い音をたてた打球はサード強襲。サード・カズキさんのグラブがボールを弾く。捕球にもたつく間に、バッター一塁セーフ。これでワンアウト一塁。

山梨県警チームの三番バッターが打席に入る。いきなり初球を打った。鈍い音をたててボールはライトへ。浅いフライ。ライトのベンさん、前進してキャッチ。ナイスキャッチ。これでツーアウト。キャッチしたボールをピッチャーに返すベンさんに、笑顔があふれる。

ベンさんは小・中学校時代、野球の選手だった。それから三十余年。ボールを握ることすらなかった。そして今日。ボールの感触がたまらなく嬉しい。清々しい爽快感が、体中を駆け巡る。

山梨県警チームの四番バッター。鋭い素振りをしてから打席に入る。ピッチャー・フジさん、第一球はストライク。続く第二球。投球フォームからボールがフジさんの手を離れたと同時に一塁ランナー、二塁へ盗塁。勢いあるスライディング。セーフ。カウントはワンボール・ワンストライク。ツーアウト二塁。肩を上げ下げして気持ちを落ち着けようとするフジさん。続いての第三球。「ガン」。大きな音をたてた打球はレフト線に消えるファウル。ワンボール・ツーストライク。四番バッターを追い込んでの第四球。投げた。鈍い音をたてた打球はセカンドゴロ。セカンド・タクさん、少し焦って捕球にもたつくものの、ファーストのガクさんへ。ファーストミットに無事に収まり、アウト。スリーアウト、チェンジ。一回表、山梨県警チームを無得点に抑えた。

*

一回裏、山梨ダルク亀さんチームの攻撃。一番バッター・ヤスさんは、サードゴロに倒れる。続く二番バッター・カズキさんもサードへのゴロ。しかし、県警チームのサードが一塁へ悪送球。ファーストの頭上を大きく越えてボールが転々とする間に、カズキさんは、一塁を蹴って二塁へ。悠々セーフ。ワンアウト二塁。

三番バッター・アッシさんは、初球を打ってショートゴロ。全力疾走、猛ダッシュで間一髪の一塁セーフ。これでワンアウト二塁一塁。

四番バッター・ラクさんが、身体をほぐしながら打席に入る。県警チームのピッチャー深澤監督が、ひと呼吸おいてボールを投げた。と同時にモーションを盗んで二塁カズキさん三塁へ盗塁。滑り込んでセーフ。ワンボール・ノーストライク。ワンアウト三塁一塁。四番バッター・ラクさんへの第二球。ボール。すると今度は一塁ランナー・アツシさんが二塁へ盗塁。セーフ。機動力を生かしたナイスプレー。県警チームにプレッシャーをかける。これでワンアウト三塁二塁。山梨ダルク亀さんチームが大きなチャンスを迎える。

山梨ダルクの好プレーでプレッシャーを与えたからか、打席の四番バッター・ラクさんはストレートのフォアボール。ワンアウト満塁となり、山梨ダルクベンチの声援が一段と盛り上がる。

五番バッター・タクさん。気合い充分で打席に入る。県警チームのピッチャー・深澤監督が投げた初球を、タクさんが綺麗に弾き返した。打球はライト前ヒット。三塁ランナー・カズキさんが、ホームイン。先制点は山梨ダルク亀さんチーム。山梨ダルクベンチからは一斉に拍手と歓声が巻き起こり、「いいぞ！　いいぞ！」と踊りだす。チャンスは続く。六番バッター・タクヤさん。初球を打って、ショートゴロ。県警チームのショートは迷わずホームへ。

「アウト！」

これでツーアウト満塁。続く七番バッターのガクさんは、ツーボール・ワンストライクからの第四球を打った。打球はサードゴロ。キャッチしたサード、そのまま三塁を踏んでスリーアウト。一回裏、山梨ダルク亀さんチームの攻撃が終了。一点を入れて、〇対一。

＊

二回表、山梨県警チームの攻撃。五番バッターに対してピッチャー・フジさん、第一球を投げた。

「カキーン」

ボールは大きな放物線を描いてレフトの頭上を越えた。山梨ダルクベンチ、一同沈黙。ホームラン。落胆のため息が、山梨ダルクベンチから漏れる。打者がゆっくりとダイヤモンドを一周し、ホームイン。県警チームのベンチから大きな拍手が起こる。一対一。続く六番バッターも初球を打った。レフト前へのヒット。ノーアウト一塁。七番バッターの打球はふらふらと上がり、センター前にポトリと落ちるポテンヒット。ノーアウト二塁一塁。次の八番バッターは、フルカウントと追い込まれてからの第六球を打ち返した。鋭い当たりはセカンドへ。手前でバウンドした打球は、セカンド・タクさんのグラブを弾いた。捕球にもたつく間に、一塁セーフでノーアウト満塁。山梨県警チーム、エンジンがかかってきたようだ。

次の九番バッターは、センター前への鮮やかなクリーンヒット。県警チームにまた点が入る。打順返って一番バッターは、空振り三振。ワンアウト満塁。二番バッターはレフトへの大きなフライ。レフト・タクヤさんがキャッチしたと同時に、三塁ランナー、タッチアップ。またまた追加点。県警チームの攻撃が止まらない。次々と追加点が入る。この回、県警チームのバットが火を噴き一挙六点。六対一。

＊

二回裏、山梨ダルク亀さんチームの攻撃は三者凡退、呆気なく三人でこの回は終了。三回表、山梨県警チームの攻撃。八番バッターはレフトへの二塁打。九番バッターはショートフライでワンアウト二塁。

打順返って一番バッターは左中間を破る大きな当たり。転々と転がる打球をレフト・タクヤさんが追いかける間に、打者がホームイン。ランニングホームラン。二点追加。意気消沈する山梨ダルク亀さんチーム。

「元気出していこう！　声出していこう！」

ミットを叩きながら、ファーストを守るガクさんが檄《げき》を飛ばす。

ガクさんこと毛利さんが山梨ダルクに繋がったのは、今から五年前。片足を引きずるように歩くのは、自殺未遂による後遺症だという。長い間の薬物とアルコール依存によって負った精神障害から、死ぬこともできない状態で山梨ダルクに繋がった。回復プログラムによって次第に体力が戻るに従い、自分が精神の病に罹患していることに気づいたと話す。山梨ダルクに繋がるまでは、人や社会が温かい存在とは思えなかった。だが、山梨ダルクの仲間と回復プログラムによって、「自分は独りぼっちじゃない」「僕は生きていていいんだ」と思えるようになったと言う。

今は、山梨ダルクのデイケアスタッフとして、忙しい毎日を送っている。自分の辛く苦しい経験から、薬物で苦しんでいる人たちに具体的な回復プログラムがあることを知ってもらうことこそが、自分に与えられた新しい役割だと、毛利さんは笑顔で話す。

次の打者はライト前へのヒット。続く打者はセンター前へのポテンヒット。その次の打者はショートゴロでサードアウトをとるも、その後はセンター前へのヒット、ショート強襲の内野安打で一点追加。

山梨県警チームの猛攻を受けるも、ピッチャー・フジさん、三点でこの回をおさえた。九対一。

＊

三回裏、山梨ダルク亀さんチームの攻撃。二番バッター・カズキさんは空振り三振。三番アツシさんは、センター前ヒットで一塁へ。四番ラクさんはサードゴロ。サードが二塁へ放って、二塁へ向かったアツシさんはアウト。打ったラクさんは一塁セーフ。続く五番タクさんは、ファーストゴロに倒れてスリーアウト、チェンジ。山梨ダルク亀さんチームの攻撃は、あっさりとこの回も終了。

四回表の県警チームの攻撃。綺麗なセンター前ヒットから始まり、その後も次々とヒットを連発。さらに四点が追加され、一三対一。

四回裏、山梨ダルク亀さんチームがなんとか一点を返したツーアウト一塁二塁の状況で、佐々木さんが手を挙げてこう告げた。

「代打、中山」

ベンチを温めていた中山さんが、バットをもって照れくさそうにゆっくりと打席に入った。

ダイさんこと中山さんは今、定時制の高校に通っている。山梨ダルクに繋がってちょうど一年が経ったある日、佐々木さんからこう勧められた。

「ダイ、高校に行ってみないか?」

突然の勧めに戸惑ったものの、熟考の末、進学することを決めた。

二〇一一年三月。春の訪れが心を弾ませる季節に、中山さんは甲府市内の高校を受験した。受験勉強に四苦八苦し、煩雑な受験の手続きにも手間取った中山さんは、何度も投げだしたくなった。でも、そんな中山さんを支えてくれたのは、佐々木さんをはじめとする山梨ダルクの仲間たち、また山梨ダルクを支える教会の人たちだった。

結果は見事合格。中山さんの合格を、山梨ダルクの仲間が自分のことのように喜んでくれたことが、心底嬉しかった。今、中山さんは元気に通学し、第二種電気工事士の資格を取るため、努力している。佐々木さんは、中山さんに高校進学を勧めた動機をこう話す。

「私には離れ離れになっている子どもたちがいます。親らしいことを何一つしてあげられなかった私の子どもたちの代わりに、ダイには教育を受けさせてあげたかったのです」

＊

バットを構えた中山さんに対して第一球。ストライク。続く第二球はボール。第三球はスイングしたバットの根元にあたって、ボールは一塁線に転がるファウル。ワンボール・ツーストライク。追い込まれた第四球。中山さん、大きな身体を屈《かが》めて意表をつくスリーバント。なんとしてでも塁に出たい。だが、ボールは無情にも一塁線のファウルグラウンドを転がってゆく。スリーバント失敗。スリーアウト、チェンジ。なかなか点差が縮まらない。一三対二。

その後、山梨ダルク亀さんチームは無得点、山梨県警チームは着々と点を重ね、一八対二で迎えた六回裏、山梨ダルク亀さんチームの攻撃。

「代打　佐々木広」

ベンチから笑いとともにとれるどよめきが起こる。ヘルメットをちょこんと被り、山梨ダルク代表の佐々木さんが打席に入る。

「ヒーローシ！　ヒーローシ！」

山梨ダルクの応援団から、大きなヒロシコールが巻き起こる。

身体をほぐしながら打席に入った佐々木さん。

「さー、こーい」

大きな声をあげて打席に入る。第一球。ストライク。

「ねらって行けー！」

ヒロシコールの中、続く第二球を打った。

力ない音をたてた打球は、サードへふらふらと上がる小フライ。

「あーあ」

山梨ダルクベンチからため息が漏れる。サード、難なくキャッチしてアウト。続くバッターも倒れて、この回も三人で終わる。

最終回七回表、山梨県警チームは一点を追加し、一九対二。

*

七回裏。いよいよ山梨ダルク亀さんチーム、最後の攻撃。ベンチ前で円陣を組んで、気合いを入れ直す。山梨ダルクは代打攻勢に出た。打席に入ったのは、代打オカちゃん。

オカちゃんが山梨ダルクに繋がったのは三年前。覚せい剤を使用して全てを失い、仮出所後に山梨ダルクにやって来た。山梨ダルクの仲間から学んだことは、感謝の気持ちだという。山梨ダルクの仲間が、薬物に手を出す前の人生も楽しかったことを、気づかせてくれた。山梨ダルクに繋がったからこそ掴んだ、この大切な「気づき」に、オカちゃんは感謝している。

オカちゃんの打った打球はレフト前へ。出塁だ。ワンアウト一塁から、代打コージさん。打った打球はサードへのゴロ。これをサードがファーストへ悪送球。一塁ランナーのオカちゃん、三塁まで進んでワンアウト一塁三塁。

次の打者、代打レンさんは、ライト前へのヒットで、三塁ランナーホームイン。一点を返す。

いつもにこやかに対応してくれるレンさん。覚せい剤とアルコールに依存していた後遺症から、クリーンでいる今でも辛い妄想に苦しめられるという。でも最近は、自分で自分を責めるのも病気であることに気づき、自分自身を否定するのではなく、認めようと努力をしている。クリーンな生活を求めて仲間と楽しみ、思いやりをもって回復していきたいと語る。現在は山梨ダルク本部ＤＳＣで、ナイトケアスタッフとして忙しい毎日を過ごしている。

次の打者は、代打シノさん。にこにこ笑顔で打席に入る。

シノさんは中学卒業後、暴力団との付き合いから、覚せい剤を使用するようになった。七回目の服役の仮釈放で茨城ダルクに繋がり、その後山梨ダルクへやって来た。今までやめたくてもやめられなかったクスリが、山梨ダルクの仲間と回復プログラムによって止まっている。この奇跡に感謝するとともに、「ダルクに来て本当によかった」と思っている。クリーンが続き、今は山梨ダルクのデイケアスタッフとして元気に働いている。

シノさんへの第三球、「カキン!」、レフト前へ弾き返すヒット。二塁ランナー、一気に駆けてホームイン。一点追加で、この回二点を返した。

次の打者は、代打ヤギーさん。

ヤギーさんが山梨ダルクに繋がったのは、今から三年前。看護師として病院に勤務していた時から、病棟などからクスリを盗み使用し始めたことによって、薬物依存症になった。山梨ダルクに来る前は、未来に希望がもてず、人生がつまらなく思えて仕方がなかったヤギーさん。だが山梨ダルクに繋がってから考え方が変わった。

「仲間はそれぞれ問題を抱えながらも、掛け値なしに優しいし、一緒にいて気持ちのよい人間ばかり。時には傷つけ合うこともあるけれど、互いに支えあう配慮のある人たちばかりなんです」

「自分の居場所がまだあったんだ。自分はここにいていいんだ」という安心感が、ヤギーさんに落ち着きを与えてくれた。自分の人生に投げやりだったヤギーさんの心の中に、「ここで人生を変えよう。まともに生きて幸せになろう。よし、人生をやり直そう」という気力が生まれた。山梨ダルクに集まった、同じ悩みを抱える仲間を信じ、共に支え合い、新しい希望をもって生きることを、ヤギーさんはここ山梨ダルクで発見した。

ヤギーさん、ワンボール・ツーストライクと追い込まれての第四球を空振り。無念の三振。

次の打者、代打ハーブさん。ハーブさんは大学時代、サークルの仲間に誘われて、好奇心から覚せい剤を使用した。その後は乱用が進み、結果、全てを失ったという。山梨ダルクと繋がった当初は、自分の人生に対して後悔の念しかなかったが、今は学校などで自分の体験を話す機会があり、人の役に立てることが嬉しいと話す。

ハーブさん、ワンストライクツーボールからの第四球を打つも、ファーストゴロ。ファースト落ち着いて捕って、そのまま一塁を踏んだ。スリーアウト。試合終了。

一九対四。大差で山梨県警ソフトボールクラブの勝利。県警チームの強さをまざまざと見せつけられる試合となった。

6

二〇一一年一二月。

「こんにちは。ご無沙汰してます」

私が山梨ダルクの事務所の扉を開けると、スタッフの毛利さんが明るい笑顔で迎えてくれた。二言三言言葉を交わしていると、色白の女性がお茶を出してくれた。精神保健福祉士の山口千夏さんだ。

山梨ダルクの事務所は、タバコの煙が充満している。椅子に座りながら、ふと、以前住んでいた吉祥寺にある焼き鳥屋を思い出した。

「今日これから、カトリック甲府教会のサンタルチア講堂で、今月東京で開かれるダルクとマックの合同クリスマス会で披露するダンスの練習があるんです。よかったらご覧になりませんか？」

そう誘われて、私はサンタルチア講堂に出かけて行った。

カトリック甲府教会には、サンタルチア講堂という小さな体育館のような建物がある。行ってみると、そこにはやせた茶髪の男性や、ニット帽を深く被りマスクで顔を覆っただるそうな男性、白髪が混じった丸刈りの年配の男性らが、講堂の外にある灰皿を囲んでいた。その男性たちに、「おーい、始めるよ」と、デイケア施設長の小林さんが声をかける。ぞろぞろと男性たちが講堂の中に入って行く。

ラジカセのスイッチを入れると、元気のいい歌声が流れ始める。ＡＫＢ48の曲だ。このアイドルグループの曲に合わせて、十人余りの男性が踊り始める。ノリよく踊る人、面倒臭そうに踊る人、曲についていけない人などそれぞれだ。

二度ほど踊ったところで休憩。男性らは表に出て行き、また灰皿を囲んでタバコを吸い始めた。

「ここはこうだろう」

「いやいや、この方がいいわよ」

講堂に残った小林さんと山口さんが、踊りの振り付けの細かい箇所について相談し始めた。二人とともに残った短髪の男性が、にこにこしながら口を挟む。

「やはり、なっちゃんがセンターだろう」

山口さんは顔を赤らめて、「いやいや、私は着ぐるみを着て端っこの方でいいです……」と、恥ずかしそうに答える。暫《しばら》くこのようなやり取りが続いただろうか、「おーい、また始めるよ」と、小林さんの声が講堂に響く。ぞろぞろと男性たちが講堂に集まり、リズミカルな歌声に合わせてコミカルな踊りがまた始まる。表に出てみると、気持ちのよい青い空。教会の庭の向こうから、片手にタバコを持った神父さんがトコトコと歩いてくる。

「こんにちは」

私が挨拶をするとピタリと歩みを止め、こちらに向き直って、「こんにちは」と返してくれた。

＊

二〇一二年一月。

新年を迎え、めでたい雰囲気も落ち着いた暖かな日に山梨ダルクを訪れると、小林さんが笑顔で迎えてくれた。山口さんがお茶を出してくれる。温かなお茶をすすりながら、小林さんと何気ない会話を交わす。

「私は仙台ダルクで、ここの佐々木とルームメイトだったんです」

小林さんが丁寧な口調で話をしてくれる。

「山梨の水があったんですね」

現在、デイケア施設長として働くコバさんこと小林さんが、山梨ダルクに来たのは三年前。テキパキと重責をこなすが、本人曰く「飛び出し系」で、山梨ダルクと繋がるまでは、何度も施設を飛び出してきたそうだ。当初は回復プログラムで本当に薬物を絶てるかどうか、半信半疑だったが、仙台ダルクのルームメイトだった佐々木さんが、このプログラムで目覚ましい回復を見せたことから、「ヒロシを変えたプログラムにはきっと何かがあるに違いない」と、必死にプログラムを続けたという。

「私の家は厳格な家庭でして……」

小林さんは、薬物に手を出したきっかけを話し始めた。

「私の兄と弟は優秀で勉強ができたんです。それに比べて、私は勉強が嫌いでした。親戚などが集まれば兄や弟の話ばかりで、私はいつも疎外感を感じていました。居場所がないって感じで。

初めは中三の時のシンナーでした。自分の居場所がなく、私の存在が受け容れられない中で育ったせいか、私の性格に問題が出てきたんですね。友達がとても少なかったんです。だから、友達にシンナーを勧められた時に、断れなかったんです。断ったら、こいつにも見捨てられるんじゃないかと思って」

小林さんは、まっすぐ私に向かって話してくれた。

「それから覚せい剤。クスリを打つと、自分が変われるんです」

クスリを打つジェスチャーをする。

「普段だったら六〇か七〇パーセントしか仕事ができないのが、クスリを打つと一〇〇、いや一二〇パーセントできるんです。消極的で自信のない自分が、クスリを打つと、積極的で堂々としていられるんです。そういう意味では魔法のクスリですよね……。でもここのかけがえのない仲間のお蔭で、破滅に向かっていた私が、『生きる』

という方向に向くことができました。悩み苦しみの最中にいた時に、相談に乗り、見守り続けてくれた仲間には、感謝しかありません」

扉が開き、佐々木さんが入って来た。小林さんは立ち上がり、笑顔で私に頭を下げると、書類を手にして入れ替わるように外に出て行った。

佐々木さんは一番奥の机に座り、続いて入ってきた二〇代前半と思われる男性がその前に座る。おそらく、山梨ダルクに来て間もない入所者だろう。

「プログラムを受けてみればいいじゃんかよ」

佐々木さんは、目の前に座る男性に話し始めた。

「ここに来たってことは回復したいからだろ。俺も初めは疑っていたよ。こんなもんでよくなるのかって。でもよくなったんだよ。やってみようぜ」

佐々木さんが諭すように話す。

その若い男性の肩を、スタッフの里山さんがにこやかな表情で揉みながらこう語りかける。

「ここには仲間がいるんだよ。世界中の仲間が。もう、独りじゃないんだよ」

スタッフとして働くエスパーさんこと里山さんは、アルコール依存症で身も心もボロボロになり、何度も死にかけたという。山梨ダルクに繋がってからはクリーンが続き、今はスタッフとして働いている。

「今は本当に楽です」

と、里山さんは話す。


若い男性は、かすかに頷いた。声は聞き取れなかったが、プログラムに参加することにしたらしい。

「ハグさせてくれ」

佐々木さんは立ち上がり、男性を抱きしめた。それから彼は、スタッフの毛利さんと部屋を出て行った。

「三井さん、今、上でグループミーティングをやっているから、よかったら参加してみない？」

佐々木さんが誘ってくれた。私は里山さんについて外に出る。戸外から上がる急な階段を上り、戸を開けると、そこには山梨ダルクの入所者約三〇名が座っていた。週の始めの月曜午後に行われるグループミーティング。回復への12のステップ（世界中で使われている依存症回復プログラムの一つ）を代わる代わる朗読したり、今週一週間の予定などを共有する。

*

このグループミーティングの参加メンバーは、年配者から若者まで様々だ。私も腰を下ろす。暫くすると佐々木さんが入って来て、椅子に座った。まず自己を内省するために黙想をする。それからグループミーティングが始まった。

佐々木さんの進行は見事だ。入所者にテンポよく話題を振り、笑いのうちに、ミーティングを進めていく。明るい笑顔と、お互いを受容する関係性が、ここにある。悪いところを指摘し合うのではなく、よいところを認め合うこと。非難するのではなく、褒め合うこと。

薬物依存症で苦しんだ彼らは、自分の存在を受容された経験が少ない。自分は不要な人間、役に立たない人間と思い続けて生きてきた彼らにとって、心から信じられる仲間がここにいる。

グループミーティングが和やかに進む。

「よし、みんなのために働いてくれたメンバーのいいところを一言で言ってみよう」

佐々木さんがメンバーを次々と指名する。突然指名された参加メンバーは、しどろもどろになりながらも、一生懸命に答える。

「優しい」

「明るい」

「朗らか」

たどたどしくも仲間を評価する言葉が飛び交う。

「おい、ホワイトボードに書いてくれ」

ホワイトボードの一番近くにいた野球帽を被った若者が立ち上がり、マーカーを持って板書し始めた。

「やさしい」

「あかるい」

「ほがらか」

震えた小さな文字が心もとなげに書かれる。

「やさしい」「あかるい」「ほがらか」

ひらがなが並ぶ。板書する男性は、これまでどんな人生を送ってきたのだろうか。

佐々木さんは言う。「悪くなるには必ず原因がある」と。

「俺らは表現する技術をもっていないんだ。自分の気持ちを伝える言葉を知らない。だからこれは勉強なんだよ」

佐々木さんの言葉が優しく響く。

「俺らいつでも同じ所に還って来ちゃうんだよな。クスリをやめようとがんばって、仕事を替えて、場所を替えて。でも、どこ行ったって悪い奴らに会っちゃうんだ。俺もそうだった」

参加メンバーが下を向きながら小さく頷く。

「刑務所に行った回数を聞かせてくれ。まずお前」

「四回」

「少年院、鑑別所含めて六回」

「八回」

「刑務所に入ってクスリをやめられたか？　やめられなかったよな。刑務所は犯罪学校だよ。逆に悪い奴らと繋がって、出た後また同じことの繰り返し。みんなそうだよな」

静まり返った部屋に佐々木さんの言葉が響く。

「俺たちにはここしかないんだよ。認めてくれる場所は」

部屋が静まり返り、タバコの煙だけがゆっくりと動いていく。入所者の一人が言った言葉が忘れられない。

「信じるということがわからないのです。今まで人から裏切り続けられてきた私は、『信じる』ということができないのです」

7

以前、佐々木さんはこうも言った。

「要はトレーニングなんですよ。人に優しくするのも誠実に生きるのも、トレーニング次第なのです。逆を言えば、ダルクに集まった連中は、今までそういったトレーニングを受けてこなかったと言えるのです」

「優しくされたことのない人が、どうやって人に優しくできるんですか」

佐々木さんの瞳の奥に、悲しい色が滲《にじ》んだ。

*

この日のグループミーティングが終わり、みんなが一斉に立ち上がる。手と手を握り、一つの輪となる。私もその輪の中に入れてもらった。小指のない左手が私の右手を優しく包む。温かい手。「平安の祈り」を唱え、その日のグループミーティングは終了した。

グループミーティング終了後、スタッフの中山さんに誘われた。

「定時制の高校に行くまで時間があるので、本部ＤＳＣでお茶でもしませんか？」

ソファに座ると中山さんがコーヒーを淹れてくれた。中山さんがちらりと時計を見る。

「四時半には出ないとならないんです」

コーヒーカップを大きな手で包み込むようにして話し始めた。

「電気科行っているんです。理数系弱いんですけど……」

訥々《とつとつ》と続ける。

「まだ一年目なんです。正直言って、先のことはわからないんですけどね。ただ、将来は佐々木の下で働きたいっていうのは決めているんです」

瞬間、パッとした笑顔になる。

「今乗っている自転車と電子手帳は、入学祝いにって自分の行っている教会の人と、山梨ダルクの支援組織である〈ぶどうの木in湘南〉の人たちに買ってもらったんです」

本当に嬉しそうに話してくれる。佐々木さんの言う、「優しさもトレーニング」の意味がよくわかる。

小さい時から傷ついてきた中山さんは、優しさを学ぶ機会がなかったのかもしれない。優しくされたことのない人間が、どうして他者に優しくできようか。決して「優しくない」のではなく、「優しさを学べなかった」だけなのだ。

中山さんは今、ダルクや教会の交わりの中で、確実に優しさを学んでいる。大きな身体を丸めるように、小さくして座って話す中山さんの姿が脳裏に残った。

＊

中山さんと話していると、佐々木さんが現れた。手にした「たけのこの里」の封を開けながら、話に加わる。

「植木鉢を買い、土を入れ種をまき、肥料と水を与える。昼になったら表に出し陽にあてて、夜になったら家の中に入れる。そのように丁寧に育てられた植物は、きっと綺麗な花を咲かせるでしょう。そして花を見た人たちからは『綺麗だね』と褒めてもらえるでしょう。でも、種をまかれても一切手入れをしてもらえなかった植物はどうでしょうか。水も肥料も与えられず、雨ざらしで残飯をぶっかけられる。不格好に育ち花も咲かせず、『汚い』と罵声を浴びせられる。ここの連中は、みんなこんな感じですよ」コーヒをすすり、たけのこの里を勢いよく口に放り込んだ。

＊

「でもね、ここにいる連中こそが神様に近いんじゃないかな、って思うんですよ」

一つ大きな伸びをして佐々木さんはこう言った。

イエスは十字架に磔にされている最中、隣りの罪人にこう言った。「あなたは私と共に、パラダイスにいるであろう」と。

薬物依存症者とレッテルを貼られ、どん底を味わって集まるダルクという場所こそ、もしかしたらイエスの言ったパラダイスなのかもしれない。

「神の計画は人智を超えています」

佐々木さんはアポロチョコレートの封を開け、ポリポリと音をたてて食べ始めた。

「日本にダルクを創始した近藤恒夫と、カトリック司祭のロイ神父の出逢いがまさにそうです」

足を組み直す。

「薬物依存症者であった近藤に、ロイ神父は生涯、多額の資金を援助し続けました。常識では考えられないことでしょう」

私はうなづいた。

「ロイ神父は無条件で、薬物依存症者の近藤を赦し続けました。違法薬物を買うお金を無心した時も、温情に満ちたロイ神父の行為に対して、裏切りを続けたことに対しても。しかしその結果、近藤は薬物依存症から回復し、日本ダルクを創設するに至ったのです。

なぜロイ神父は近藤を支援し続けたのか。私はこう思います。ロイ神父は近藤と初めて出会った時点で、近藤を救うことが、その後大きな『何か』を生み出すことに繋がるだろう、と霊的に感じ取ったのかもしれません。依存症という泥沼が、二人を結びつけ、結果として現在、日本中のヤクザ者を助けているのです」

佐々木さんがにこっと笑う。

「だから神の計画は人智を超えているんです」

＊

現代社会において、多くの人は、「神は死んだ」と思っているかもしれない。自分で理性的に判断できて生きていける人には、神様は不要かもしれないが、ダルクに集まった人たちのように、どうがんばってもうまく生きてこられなかった人たちは、どうしたらよいのだろうか？　誰の目にも明らかな形で神の存在を実証できる人はいない。だからこそ、個人にゆだねられているのは、「信じて生きる」か「信じないで生きる」かだけである。

薬物依存の泥沼にはまってしまった彼らが、「神を信じること」でその泥沼から抜け出して回復に向かうのなら、「神を信じること」には非常に意味がある、と私は思う。「医者（神）を必要とするのは丈夫な者ではなく、病人である」と、聖書は語る。


「あ、俺、そろそろ行かないと」

そう言って中山さんが席を外した。残った佐々木さんと私。

「人は変われるんです」

佐々木さんが呟いた。

だいぶ話し込んで、そろそろお暇《いとま》しようとした時、佐々木さんはこう言った。

「ここは巣なんですよ。ここを卒業して社会に出るといろいろあります。またつまずく奴もいるでしょう。そういった奴らがいつでも帰れる場所として、山梨ダルクを存続させたい、と思っています」

外に出ると陽はだいぶ傾き、夕闇が辺りを包み始めている。西の空には一番星がキラキラと輝き、行き交う車のテールランプが尾を引きながら、暗くなった車道を照らしていた。

8

第一試合の山梨ダルク亀さんチームと県警チームとの熱戦が終わり、お昼をはさんで午後一時からは、ダルクドリームチーム対県警チームの第二試合が行われる。

一一月とはいえ、熱い日差しが照りつけるグラウンドには数人の観客。その中に小さい女の子を連れた年配の女性が応援に来ていた。山梨ダルクの年配の男性の一人がとことこ歩いて行き、その女の子にジュースを手渡した。「ありがとう」と、その女の子は笑顔でお礼を言った。

＊

試合を前にしたダルクドリームチームは、グラウンド半分をいっぱいに使って、ノックで汗を流している。ドリームチームの選手たちは背も高く、胸板も厚く、県警ソフトボールクラブにひけをとらない体格をしている。練習中の打球も送球も鋭く、レベルの高さを感じさせる。表情も真剣そのもので、すでに額には大粒の汗がびっしりと光っていた。

そしていよいよ第二試合、ダルクドリームチーム対山梨県警ソフトボールクラブの真剣勝負が始まった。ダルクドリームチームのスタメンは次の通り。

一番ショート・クリ、二番レフト・タカシ、三番サード・ウメ、四番センター・アキモ、五番キャッチャー・ジュンイチ、六番セカンド・ハヤト、七番ファースト・ヒデ、八番ライト・モンキチ、九番ピッチャー・ヒロ、控えはシンジ、コデイン、コウジ。

年に二回、ダルクカップというソフトボール大会があり、このドリームチームは、その大会出場メンバーの選抜チームである。グラウンド中央に並び、キャプテン同士が握手を交わす。

「よろしくお願いします!」

双方頭を下げ、ベンチに戻る。いよいよ試合開始。

＊

「プレイボール」

主審の声が響く。先行はダルクドリームチーム。一番ショート・クリさんが、バッターボックスに立つ。初球、ボール。県警チームの若いピッチャーの顔も真剣そのもの。ひと呼吸おいてからの第二球。「ガン」、鈍い音をたてた打球がサードの前に転がる。サードが素早くキャッチしてファーストへ送球。ボールはファーストミットの中へ。クリさんの懸命な走りも及ばず、ワンアウト。

二番タカシさん。第一球。ストライク。タカシさんが、軽く咳払いをしてバットを構え直す。続く第二球。ボール。ワンボール・ワンストライクからの第三球を打った。打球がピッチャー前に点々と転がる。落ち着いてキャッチして、一塁送球。アウト。

これでツーアウト。

三番バッターはウメさん。ツーボールからの第三球。

「カキン」

高い音をたて、打球は大きな弧を描いてライト方向へ。「おお〜っ」と歓声があがる。しかし、ライトがほぼ定位置でキャッチ。スリーアウトチェンジ。一回表が終了。ダルクドリームチーム、〇点。

＊

一回裏。山梨県警ソフトボールクラブの攻撃。一番バッターが打席に入り、バットを構えた。ピッチャー・ヒロさんが、静かに大きく深呼吸する。集中力がピリピリと伝わり、辺りに緊張感が張り詰める。第一球を投げた。

「カキン」

初球を打った。打球はセンター方向へ高く舞い上がる。センター・アキモさん、ゆっくり前進。構えたグラブに打球が収まったかと思ったら、グラブを弾いてこぼれ落ちた。一塁セーフ。

「ドンマイ」

ピッチャー・ヒロさん、二番バッターに対しての第一球。投げた。ストライク。歓声が起こる。第二球はファウル。続く第三球を打った。鈍い音をたてて転がるボールは一、二塁間を抜け、ライト前ヒット。ノーアウト一塁一塁。

「わー、いいぞ！」

三番バッターが打席に入る。ピッチャー・ヒロさん、自分を落ち着けるために呼吸を整えてからの第一球はストライク。しかし、その後はボールが続き、フォアボールで無死満塁の大ピンチ。

山梨県警チームの四番バッターが、ゆっくり打席に入る。バットをぴたりと構えた四番バッターに対して、ヒロさんが、第一球を投げた。ストライク。続く第二球。バッター打った。打球がサード前に転がる。サードのウメさんが前進して、素早くキャッチ、ホームへ。タッチアウト。

「いいぞ、いいぞ、ダ・ル・ク！」

山梨ダルクの応援団、旗を振りながらの大きな声援。

続く五番バッターが、初球を打った。

鋭いライナーがセンター方向に飛ぶ。センター・アキモさん、軽く前進して余裕をもってキャッチ。

「ワー！」

タンバリンを打ち鳴らす山梨ダルク応援団から、一段と大きな声援が巻き起こる。しかしピンチは続く。打席に入った六番バッターは、第一球を打ってファウル。第二球もファウル。第三球もファウル。粘られた末の第四球。大きな音をたてた打球は綺麗にライトへ弾き返された。二塁打。二点が入る。ツーアウト三塁二塁。

「あー」とため息が漏れたベンチから、「声出していこう！」と、ガクさんの大きな声が響く。

「まだまだ、これからだよ」

竹越さんの声援で、ダルクベンチが再び活気を取り戻す。

ピッチャー・ヒロさん、努めて表情を変えずに七番バッターに第一球を投げた。ストライク。コーナーをついた丁寧なピッチング。続く第二球はファウル。第三球は、軽い音をたてて内野へフラフラと上がる。セカンド・ハヤトさん、落ち着いてキャッチ。

スリーアウトチェンジ。ドリームチーム、初回のピンチを二点でなんとか切り抜けた。

＊

二回表。四番バッターは、一番長身と思われるアキモさんからの打順。一球目はボール。続く二球目。鈍い音とともに打球が転がる。素早くサードがキャッチして一塁へ。「アウト」と思った瞬間、ボールがファーストミットからぽろりとこぼれ落ちた。セーフセーフ！。ノーアウト一塁。

五番ジュンイチさん。ピッチャー、第一球投げた。と同時に、一塁ランナー・アキモさん、二塁にめがけて走った。大きな身体が宙を舞う。ヘッドスライディング。もくもくと砂煙がたつ。キャッチャーからの送球は間に合わず、セーフ。盗塁成功。アキモさん、胸についた土を払って、ベース上でガッツポーズ。

「気持ち伝わるよ！　ナイスプレー」

竹越さんの声援で、山梨ダルク応援団も盛り上がる。

「ダ・ル・ク！　ダ・ル・ク！」

打席に立つジュンイチさんへの第二球。打った！　鈍い音とともに、セカンド方向へ打球が転がる。セカンド、キャッチして一塁へ送る。きわどい。判定はセーフ。ジュンイチさんの全力疾走が生んだ内野安打。これで、ノーアウト三塁一塁。ドリームチームにチャンスが巡ってきた。

六番バッター・ハヤトさん、初球を打った。鋭い当たり。ショートライナー。県警チームのショート、正面でキャッチ。そして、すぐさまファーストへ送球。出過ぎた一塁ランナー・ジュンイチさん、戻りきれずにタッチアウト。ダブルプレー。これでツーアウト三塁。

次のバッターは七番ファースト・ヒデさん。ピッチャーの投げた初球を打った。大きな打球がライト方向へ。ライトの頭上を越える大きな当たり。

ダルクベンチ、全員が両手を挙げて立ち上がる。三塁アキモさん、悠々ホームイン。打ったヒデさんは三塁上、満面の笑みでガッツポーズ。目の覚めるような大きな当たりの三塁打。これで一対二。

八番バッターはモンキチさん。ツーボール・ワンストライクから四球目を打った。サードゴロ。サードキャッチしてファーストへ。ボールがミットに収まり、スリーアウトチェンジ！　かと思ったが、審判の判定は「セーフ!!」間一髪モンキチさんの足が勝った。気持ちが全面にでた全力プレーが生んだ内野安打。これでツーアウト三塁一塁、追加点のチャンス。

九番バッターは、ピッチャーのヒロさん。すでに顔から汗がしたたり落ちている。初球。「カキーン」、大きな音をたてた鋭い打球はレフト前へ。鮮やかなヒット。三塁ランナー・ヒデさんがホームイン。二対二。同点に追いつき、山梨ダルクの応援もヒートアップ。

打順は戻って、一番クリさん。初球を打ってピッチャーゴロ。残念。スリーアウトチェンジ。二対二。どちらも一歩も引かぬ好ゲーム。

＊

二回裏。山梨県警ソフトボールクラブの攻撃。八番バッターは、セカンド正面に転がるセカンドゴロでワンアウト。続く九番バッターはフォアボール。打順が返った一番バッターへもフォアボール。ワンアウト二塁一塁。二番バッターはピッチャーゴロ。ヒロさん、落ち着いてキャッチして一塁送球。アウト。その間にランナーそれぞれ進塁して、ツーアウト三塁二塁。

三番バッターは綺麗な放物線を描いたセンター前ヒット。ランナー二人還って二点が追加される。これでツーアウト一塁。次の四番バッターにはフォアボール。ピンチが続くヒロさんの額に大粒の汗が光る。ツーアウト二塁一塁。続く五番バッターは、第三球を弾き返した。鋭い打球はセンターへ。

「あー」

ダルクベンチから失意のため息が漏れる。「また追加点か」、ダルク応援団一同が頭を抱えた。ランナーはホームをめざして三塁を勢いよく蹴った。追加点が入る、皆がそう思った瞬間、ワンバウンドした打球をキャッチしたセンター・アキモさんから矢のようなホームへの返球。まっすぐな軌道を描いたボールは、キャッチャー・ジュンイチさんのミットに大きな音をたてて収まった。すんでのところでホームタッチアウト。スリーアウトチェンジ。「おーぉ。やったー!」素晴らしい好返球に、山梨ダルク応援団が、抱き合って喜ぶ。

「アキモ、ナイスプレー!!」

痛快な好プレーでこの回を終える。二対四。

9

二〇一二年九月。

残暑厳しい九月下旬。久しぶりに山梨ダルクを訪れた。

「こんにちは」

玄関口で声をかけると中山さんがひょっこり顔を出した。

「あ、どうも」

笑顔で私の前にスリッパを並べてくれた。スリッパを履き奥の部屋に通されると、後ろ前に帽子を被った佐々木さんがソファに腰をかけ、新聞を読んでいた。

「あ、どうもどうも」

佐々木さんは読みかけの新聞を畳み、はす向かいのソファに座り直して帽子を脇に置いた。

＊

「そもそも普通の人たちのように生きていけないですもん、俺たち。だって病気なんだから」

真面目な顔をして佐々木さんは言った。

「でも、こういう自分に気づくまでだいぶかかりましたよ」

頭をかきながら続ける。

「元々人並みに生きていけない俺たちが、周りの人たちのように生きよう生きようとがんばった結果が薬物ですもん。人並みにできない自分でもいいんだ、って気づかせてくれたのがダルクなんです。『がんばるな』って人生で初めて言ってくれたのが、日本ダルクの近藤でした」

その衝撃は大変なものだったと話す。

「俺たちは、がんばればがんばるだけ薬物に向かってしまうんだ、って近藤に言われたんです。俺たち、生まれた時から人並みなことができないんです。だから小さい時からできない自分を責め、劣等感にさいなまれてきた。その結果、苦しみをかき消す薬として、薬物に手を出したとも言えます」

両手を組み直してから佐々木さんは続ける。

「合わない薬物は続かないものです。でも、苦しみを癒してくれる、自分に合う薬物に出会ってしまうと、使い続けてしまうんです」

ソファの上であぐらをかき直す。

「近藤に『がんばるな』って言われて初めて、人並みにできない自分でもいいんだ、って思えるようになったんです」

佐々木さんは冷静な口調で言った。

「あるがままの自分を受け入れられなかった結果、俺は刑務所、中山はホームレスですよ」

佐々木さんの隣に座る中山さんは、首をすくめて苦笑いを浮かべた。

＊

山梨県内でも急速に拡がる脱法ハーブについて、佐々木さんに聞いてみた。

「山梨ダルクにも相談に来ますよ。でも親御さんはみんなこう尋ねます。『これは合法ですか？　違法ですか？』って。俺が『これは違法ではありません』と答えると一〇〇パーセント安心して帰られます」

短いため息をついてから、佐々木さんは再び口を開いた。

「問題の本質は健康被害のはずなのに、多くの親御さんは、子どもが使った薬物が合法なのか違法なのかにしか関心がないんです。問題の本質を取り違えている。違法じゃないと聞いて安心して帰られた親御さんは、数年後、青い顔をしてダルクに駆け込んで来るんです。助けてくれ、ってね」

＊

山梨ダルクの精力的な活動の源は何なのだろう。

「山梨ダルクは俺にとって、神様に与えられたことと思ってます」と佐々木さん。

「だってここに来る連中、無茶苦茶ですもん。ヤク中、アル中、元暴力団、ホームレス、恐喝、強姦、同性愛、イレズミに指なしもいます。こんな連中、誰だって相手にしたくないですよ、正直言って。でも自分に親がなく、虐待されて育ち、薬物で刑務所に入った経緯は、この山梨ダルクをやるために神様が与えてくれたものだと理解しているんです」

ちらりと壁にあるキリスト像を一瞥《いちべつ》した。

「目には目を、歯には歯を、じゃないけど、こういった連中には俺みたいな奴じゃなきゃ務まらないですよ」

そう笑いながら、佐々木さんは続ける。

「俺らの取り組みだって、三井さんの絵だって、地球的観点、人類の歴史という観点から見れば鼻くそみたいなもんですよ。でも、鼻くそみたいな活動でも、やり続ける必要性はあるんです。薬物依存も、すぐに変えられる問題じゃないことはわかっています。でも、俺らが引き受けて、やれることをやり続けることが重要なんです」

佐々木さんは神様に与えられた使命を、この山梨で果たしている。

＊

佐々木さんは黄緑色の腕時計をちらりと見て、「じゃ、こんなところで」と言って腰を上げた。

佐々木さんが出て行くと、残った中山さんがポツリポツリと話し始めた。

「俺は今まで人が怖かったんです。だから暴力でしか応えられなかったんです。でも山梨ダルクに来て、少しずつ自分が変わってきたのがわかるんです」

話をするのが苦手という中山さんが、ゆっくりと続ける。

「次第に人が怖くなってきたんです。まだ近くの人たちに対してだけだけど」

中山さんは顔を上げ、照れくさそうに言った。

「明日、カトリック甲府教会のサンタルチア講堂でＮＡ（ナルコティクス・アノニマス＝匿名の薬物依存症者の集まり）があるんですけど、よかったら来ませんか。僕の三回目のバースデイなんです」

遠慮がちに、中山さんは誘ってくれた。

10

センター・アキモさんの好返球で盛り上がる山梨ダルク応援団。三回表、ダルクドリームチームの攻撃。

二番バッターはタカシさん。初球を打ったボールは、力なく転々とショートへ。ショート難なく取って、ファーストへ送球、アウト。三番バッター・ウメさん。フルカウントからの第六球。ウメさんのバットが空を切った。空振りの三振。これでツーアウト。四番バッター・アキモさん。フルカウントからの第六球を打った。ボールはワンバウンドしてショートへ。ショート捕ってファーストへ。アウト。スリーアウトチェンジ。この回はあっけなく、三人で攻撃が終わる。スコアは変わらず二対四。

＊

三回裏、山梨県警ソフトボールクラブの攻撃は六番バッターから。

第二球を打った鋭い打球がサードへ。捕球しようと構えたサード・ウメさんの手前で、ボールがショートバウンド。イレギュラーしたボールがウメさんの顔面を直撃。「ガ」と鈍い音が辺りに響いた。ウメさんが膝から崩れ落ち、顔をおさえてうずくまる。打者は一塁セーフ。

この試合では主審を務める深澤監督が、両手を挙げて試合を中断させる。みんなが心配そうにウメさんの周りに集まる。ウメさんがよろよろと立ち上がると、ぽろりと白い歯が抜け落ちた。肩を借りて、ふらふらとダルクベンチに下がる。

「救護班！」

看護師だったヤギーさんが駆け寄り、ペットボトルの水を口に含ませる。「ぺっ」と吐き出された水は真っ赤に染まっている。ウメさんが青いビニールシートの上にごろんと横になり、ヤギーさんが止血の処置にあたる。

グラウンドでは、キャッチャーのジュンイチさんが、プロテクターをはずしてサードに入る。キャッチャーには、控えのシンジさんが入るようだ。

試合再開。マウンド上では、心を落ち着けるように、意識的に肩を軽く上下させたピッチャー・ヒロさん。三球目。「バン」、今度はピッチャー強襲。ヒロさんを襲った打球は転々と転がる。ボールを捕まえてファーストに投げようとした時には、打者はすでに一塁を駆け抜けていた。

ピッチャー・ヒロさん、動揺したのか、続く打者にはストレートのフォアボール。ノーアウト満塁の大ピンチ。

山梨県警ソフトボールクラブは九番バッター。第四球を打った。鈍い音をたててボールが転がる。ピッチャーゴロ。ヒロさん、落ち着いてキャッチしてホームへ。アウト。

「ワッ」と歓声が上がる。

「いいぞ、いいぞ、ダ・ル・ク！」

だが、まだワンアウト満塁。ピンチは続く。打順返って県警チームは一番バッター。二球目を打ってサードゴロ。代わったばかりのサード・ジュンイチさん、落ち着いてホームへ投げてアウト。これでツーアウト満塁。

ピッチャー・ヒロさんは、努めてポーカーフェイスを保つ。西日に照らされた顔が汗で光る。次のバッターが打席に入り、フルカウントからの第六球は、ファウル。第七球もファウル。一打出れば大量の追加点。県警チームのバッターも必死だ。激しい攻防に、見ているこちらも息詰まる。そして第八球。「カキーン」と大きな音をたてた打球は、誰もいない左中間へ。

「あー、だめだ……」

ダルクベンチのみんなが天を仰いだその瞬間、打球に向かって猛然とダッシュしたレフト・タカシさんの身体がふわりと宙を舞った。

「あ」

一瞬、時が止まった。華麗なるダイビングキャッチ。ダルクベンチのみんなが立ち上がり、ボールの行方を追う。ボールは大きな土煙をもくもくとあげたタカシさんのグラブにすっぽりと収まっている。

「アウト！　アウト!!」

タカシさんの超ファインプレー。

ラッパが鳴り、タンバリンが打ち鳴らされ、大変な大盛り上がり。拍手喝采。べンチに戻った土まみれのレフト・タカシさん、みんなとハイタッチ。ノーアウト満塁のピンチを無失点で切り抜けた。

四回表、ダルクドリームチームの攻撃。ピンチの後のチャンスを誰もが期待するが、五番ジュンイチさん、サードゴロ。六番ハヤトさん、ショート正面のゴロで、早くもツーアウト。全く手が出ない。

七番バッター・ヒデさんがエラーで出塁するも、八番バッター・モンキチさん、ファーストフライでスリーアウト、チェンジ。この回も、ダルクドリームチームは無得点。なかなか山梨県警ソフトボールクラブのピッチャーを攻略できない。

11

中山さんの三回目のバースデイ。カトリック甲府教会のサンタルチア講堂の周りには多くの男性が集まり、タバコを吸いながら楽しそうに話をしている。「こんばんは」と、毛利さんが私に気づいて声をかけてくれた。

ＮＡの開始時間が迫り、次第にみんなが講堂の中に集まり始める。長テーブルを二重の輪に並べ、五〇人ほどの男性が席に座った。おとなしそうな学生風の男性から、スキンヘッドの強面の男性まで、様々な面々。みんなリラックスして談笑し、握手をしたりハグをしたり、楽しそうにしている。

私は遠山さんの隣に座った。時計の針が七時を指して、司会の男性がバースデーの開始を告げた。

今日バースデイを迎えるのは、中山さんとカズノリさんだ。中山さんは三回目、カズノリさんは二回目のバースデイ。バースデイとは、薬物や酒など、依存症の対象となるものを手放した後の年月を祝う会のことである。

主役である中山さんとカズノリさんが、みんなの正面に座っている。何だか照れくさそうで、こそばゆいような表情を浮かべている。

二人の前には大きなケーキが置かれている。講堂の電気が消され、ケーキのロウソクに火が灯された。

「ハッピバースデイトゥユー、ハッピバースデイトゥユー……」

みんなが声を合わせて二人を祝福する。ロウソクに照らし出された二人の顔は、本当に嬉しそうだ。

「おめでとう」

拍手が巻き起こり、二人はロウソクの灯を勢いよく吹き消した。瞬間、講堂は真っ暗になり、一段と大きな拍手が起こった。

ケーキが切り分けられ、みんなに振る舞われる。今回バースデーを迎えた二人への想いを、参加者のみんなが発表し始める。日頃の感謝を述べる人、ダルクの寮生活でお米の炊き方を巡って口げんかしたことを話す人、感極まって歌い出す人。表現の仕方は違っても、みんなに共通していることは、心を許せる仲間への感謝である。

嬉しそうでいて居心地が悪そうなカズノリさんが、話し始める。

「いや〜、最近お腹がポッコリ出てきてね……」

眼鏡の奥の眼が、にっこりとゆるむ。

「覚せい剤を打ってた頃はやせる一方で、太るなんてことなかったもんね……」

薬物依存症に苦しむ人たちにとっては、太れることが回復の現れなのである。ポッコリとお腹についたカズノリさんのお肉は、二年分のがんばりのたまものなのだ。

会は進み、最後に佐々木さんが、中山さんとカズノリさんへお祝いの言葉を述べた。

「低所得者」と背中に書かれた黒いTシャツに黒い山高帽を被った佐々木さんは、まず二人に向かってこう言った。

「おめでとう」

それから二人へバースデーを祝う温かな言葉を贈り、神様への感謝を述べた。佐々木さんが話し始めると、その言葉に全員が、静かに黙って耳を傾けた。

12

七回表、三対九の六点差を追うダルクドリームチーム、いよいよ最後の攻撃。

一番バッター・クリさんは初球ボール。第二球を打った打球は、センター方向へ高く上がる。センター、ほぼ定位置で打球をキャッチしてワンアウト。ベンチからため息が漏れる。

二番バッター・タカシさん、第三球を打ってサードゴロ。サード捕ってファーストへ。アウト。ダルクベンチからは、さらに深いため息が漏れる。これでツーアウト。いよいよ崖っぷち。ダルク応援団が手を合わせて、「神様、どうか勝たせてください」と天を仰いで叫ぶ。

三番バッター・ウメさんが打席に入る。ツーボール・ツーストライクからの第五球を打った鋭い打球は、レフト線ギリギリ。フェア！

「いいぞ！　いいぞ！」

ツーアウト一塁で、四番バッター・アキモさん。第一球、投げた。するとキャッチャーが後逸。一塁ランナー・ウメさん、二塁へ進む。続くアキモさんへの第二球、今度はピッチャーの手元が狂い、投げたボールはアキモさんの背中に当たった。デッドボール。アキモさん、一塁へ。ツーアウト二塁一塁。

五番バッター・ジュンイチさんが打席に入る。第一球投げた。すると、またしてもキャッチャーが後逸。ランナーそれぞれ進塁。ツーアウト三塁二塁。

崖っぷちに訪れたチャンス。

「神様、打たせてください!!」

山梨ダルク応援団、まさに神様にすがる祈りの声援。

ジュンイチさんへの第四球。打った。大きな当たりはセンター方向へのフライ。県警チームのセンターが、ライト方向へ走りながら捕球の体勢に入る。みんながボールの行方を追う。ボールがゆっくり落ちて来る。一同目をつむる。構えたグラブにボールが吸い込まれる。山梨ダルク応援団から諦めの声が漏れる。頭を抱える者。下を向く者。手を合わせて天を仰ぐ者。その場にいた人たち全ての頭の中に、「ゲームセット」の文字が点灯する。ボールがセンターのグラブに収まる。佐々木さんが眼を見開き、じっとグラブを見つめた。その時である。

ぐにゃり。


いったん収まったグラブからボールが弾き出され、ボールが転々と転がる。

「わーーーーーー!!!!」

一同飛び上がって、抱きついた。終わったと思った試合が、首の皮一枚で繋がった。

「やったー! 回れ、回れ!!!」

三塁ランナー・ウメさん、全速力でホームイン。二塁ランナー・アキモさんも、猛ダッシュで生還。打ったジュンイチさんは猛烈な勢いでベースを駆ける。県警チーム、焦って打球の処理にもたつく。ジュンイチさん、三塁を蹴ってホームへ。ボールがホームに返ってくる。ジュンイチさん、頭から滑り込んだ。土煙があがり、一瞬の静寂がグラウンドを包む。主審の深澤監督が、ホームベース上に交錯する二人を見つめる。

「セーフ!!　セーフ!!」土壇場に来てのランニングホームラン！　一挙に三点。

「やったーー!!　やったーーーー！！！」

山梨ダルク応援団の盛り上がりは最高潮。割れんばかりの大声援。勢いづくダルクドリームチーム。風向きがダルクに向いて来た。点差はまだ三点あるが、「もしかしたら……」と胸の内に期待が高まる。

続く六番バッターは、ハヤトさん。県警チームのピッチャーにも焦りの色がうかがえる。ハヤトさんに対して第一球を投げた。

「カキン」

打った。

鋭い打球はショートへ。

＊

「回復ってなんだろうね」

佐々木さんは、そう呟いた。

「以前だったら社会復帰や自立かなと思っていたけど、最近はどこが回復なのかよくわからない」

腕を組み直し、続ける。

「でもこのところ、こう思う。あるがままの自分でいいんだ、って自分を認められることが回復じゃないかなって。回復？　その定義なんてどうでもいいじゃんか、って思えたら、それが回復ってことなんじゃないかなって」

佐々木さんは笑みを浮かべながら、こう話した。

最後にみんなが手を繋ぎ、一つの輪になって、回復への祈りを唱えた。こうして中山さんとカズノリさんを祝うバースデイのNAは終了した。それぞれが笑顔で言葉を交わし、握手し、ハグをする。そんな光景が至るところで見られる。

九月下旬と言えども、まだまだ蒸し暑い。この小さな甲府の一角で、今日のような心温まる交流が行われている。そのことがたまらなく嬉しい。ここに集った全ての人が回復に向かいますようにと、私は祈った。

＊

「バスン！」

大きな音をたてて、ボールはグラブに収まった。

六番ハヤトさんの打球は、無情にもショート正面のライナー。スリーアウト。

「ゲームセット」

山梨ダルク応援団からは、ため息が漏れたものの、すぐに温かな拍手が巻き起った。

六対九。山梨県警ソフトボールクラブの勝利。

「よくやった」

「ナイスゲーム」

両チーム、グラウンド中央にならんで礼をする。

「ありがとうございました！」

そして握手を交わす。

「勝てると思ったんだけどなあ」

ダルクドリームチームのキャプテン、アキモさんが残念そうに呟いた。その顔は日に焼け、汗で輝き、晴れ晴れとしている。

だいぶ西に傾いた太陽がグラウンドを照らす。これから閉会式が行われる。

山梨ダルクの佐々木さんが前に出て、まず対戦相手を快く引き受けてくれた山梨県警への感謝の気持ちを述べた。そして、

「私たちは必ず回復します！」

と高らかに宣言すると、山梨ダルク、山梨県警双方から大きな拍手が沸き起こった。

最後は、山梨ダルクと山梨県警チームが一緒になっての記念撮影。みんな最高の笑顔だ。

「ありがとうございました！」

山梨ダルクのメンバーが、何度も何度も山梨県警チームに頭を下げる。山梨県警チームも笑顔で握手して応える。

「よし、みんなで風呂にでも入りに行こうぜ」

佐々木さんが声をあげた。

「行こう！　行こう！」

真っ赤に日焼けし、汗まみれになった山梨ダルクの人々が、熱戦を繰り広げたグラウンドを後にする。そして、誰もいなくなったグラウンドに、一陣の風が吹いた。

あとがき

この本を作るまでの経緯は本書に記しておりますが、佐々木広さんが刑務所の中で出会った一冊の本によってダルクと繋がり、人生が一変したように、この本が刑務所や精神病院、またはこの町の片隅で孤独と不安に苦しむ薬物依存症者の手元に届き、少しでも生きる希望をもってもらえたら本当に嬉しいです。薬物依存症からの回復は、長く険しい道のりかもしれません。しかし的確な回復プログラムと、同じ苦しみを経験した仲間たちが受け容れてくれる場所があることを、知ってほしいのです。

旧約聖書の冒頭、創世記の中にはこうあります。「神は言われた。人（アダム）が独りでいるのはよくない。彼のために、ふさわしい助け手（エヴァ）を造ろう」と。

人間は、独りでは脆く弱い存在です。しかし、自分の弱さを認めることで他者を必要とし、優しく強くなれると思うのです。佐々木さんご自身の経験から発せられた、

「人は変われる」

ということの言葉こそ、薬物依存症に苦しむ人たちへの福音ではないかと、私は思います。

山梨ダルク代表の佐々木広さんをはじめ、山梨ダルクのスタッフや入所者の皆様の多大なるご協力なくしては、本書は成立しませんでした。同じく山梨ダルクスタッフの遠山伸子さんには、短い作業期間中、何度も何度も校正作業を行ってくださり、感謝の気持ちでいっぱいです。

皆様、本当にありがとうございました。

二〇一三年九月　　三井ヤスシ

《参考文献》

ダルク編集委員会編『なぜ、わたしたちはダルクにいるのか―ある民間薬物依存リハビリテーション・センターの記録』（東京ダルク、二〇〇〇、改訂版）
近藤恒夫『薬物依存を越えて　回復と再生へのプログラム』（海拓舎、二〇〇〇）
アジア太平洋地域アディクション研究所（ＡＰＡＲＩ）編『born again　薬物依存からの再生・回復者達の声』（ＡＰＡＲＩ、二〇〇〇）
千葉マリア『馬鹿でもいいサー』（モッツ出版、二〇〇四）
『ナルコティクス アノニマス　第5版日本語翻訳版』（ＮＡワールドサービス社、二〇〇六）
「山梨ダルク通信　ＳＳＫＵ 甲斐福記」（山梨ダルク本部ＤＳＣ、二〇〇八～二〇一三）
『びわこダルク10周年記念誌 20の証言による　薬物依存症　回復の証明』（びわこダルク、二〇一二）

《用語解説》

回復

自分の無力に気づき、依存行為をやめ続けて生きることによって、これまでの誤った心身状態・対人関係・価値観を修正し、自立と成長に向けて新しい生き方をすること。

アディクション（＝依存症＝嗜癖）

何らかの対象物、行為にのめり込み、生活に支障が出る状態。薬物・アルコール・ギャンブル・共依存・食べ吐きなど、さまざまなものがある。依存症になった人たちをアディクト（依存症者）という。

無力（を認める）

「自分の力だけでは薬物・アルコールをやめることはできない」と心底認めること。

底つき

依存症が引き起こす問題により生活が破綻し、依存物質や依存のプロセスをやめようにもやめられず、にっちもさっちもいかなくなった状態。周りから見放されていても、本人は自覚していないことが多い。しかし、本人がこれに気づいて観念した時が、回復のチャンスである。

クリーン

依存対象物をやめている状態のこと。

仲間

自分と同じような問題を抱えながらも、共に回復し、問題を解決したいと思っている人のこと。

ミーティング

自分自身の体験や感じていることを、ルールに従って順繰りに話す。この分かち合いを重ねるうちに、回復が始まる。話されたことを外部に持ち出してはならない。

12のステップ

アルコール依存症の自助グループで生まれた、回復のためのプログラム。現在では、さまざまな自助グループで回復の指針として使用されている。

NA（ナルコティクス・アノニマス＝匿名の薬物依存症者の集まり）

薬物依存の問題を抱える仲間（当事者）の非営利的な集まりのこと。ダルクの目的は、依存症者をNAに繋げることである。NAへの参加は、依存症者本人が、「自分は薬物依存症者であり、仲間がいる」いうことを常に意識し、新しい生き方を持続するために、非常に重要である。

バースデイ

本来の誕生日と異なり、依存症者が依存対象物を手放した日のこと。つまりその日を境に生まれ変わったとを意味し、そこから新しい生き方が始まる。一日、一カ月、三カ月、六カ月、九カ月、そして一年など節目に自助グループ（依存症など同じ問題を抱える仲間（当事者）の集まり）内で祝い、気持ちを新たにする。

《12のステップ》

1　私たちは、アディクションに対して無力であり、生きていくことがどうにもならなくなったことを認めた。

2　私たちは、自分より偉大な力が、私たちを正気に戻してくれると信じるようになった。

3　私たちは、私たちの意志といのちを、自分で理解している神（ハイヤーパワー）の配慮にゆだねる決心をした。

4　私たちは、探し求め、恐れることなく、モラルの棚卸表を作った。

5　私たちは、神に対し、自分自身に対し、もう一人の人間に対し、自分の誤りの正確な本質を認めた。

6　私たちは、これらの性格上の欠点を全て取り除くことを、神にゆだねる心の準備が完全にできた。

7　私たちは、自分の短所を取り除いてください、と謙虚に神に求めた。

8　私たちは、私たちが傷つけた全ての人のリストを作り、その全ての人たちに埋め合わせをする気持ちになった。

9　私たちは、その人たち、または他の人びとを傷つけないかぎり、機会あるたびに直接埋め合わせをした。

10　私たちは、自分の生き方の棚卸を実行し続け、誤った時は直ちに認めた。

11　私たちは、自分で理解している神との意識的触れ合いを深めるために、私たちに向けられた神の意志を知り、それだけを行っていく力を、祈りと黙想によって求めた。

12　これらのステップを経た結果、スピリチュアルに目覚め、この話を他のアディクトに伝え、また自分のあらゆることに、この原理を実践するように努力した。

《平安の祈り》

神さま
私にお与えください
自分に変えられないものを
受け入れる落ち着きを
変えられるものは
変えていく勇気を
そして
二つのものを見分ける賢さを

薬物依存症でお困りの方は是非ご相談下さい！

山梨ダルクデイケア・センター

〒400-0856　山梨県甲府市伊勢4-21-1　清水ビル
tel 055-223-7774　fax 055-267-8874
E-mail　y-darc@arrow.ocn.ne.jp

（遠方の方もご連絡をいただければ、お住まいに近いダルクをご紹介いたします）

山梨ダルク本部ＤＳＣ

〒400-0857　山梨県甲府市幸町９－25
tel 055-242-7705　fax 055-242-7706

● ● ● ● ● ● ● ● ● ● ● ● ●

「山梨ダルクを支援する会」加入のお願い

山梨ダルクの存続は、ひとえに地域社会と全国の皆様からのあたたかいご支援によって支えられています。今後、安定した活動を継続していくためにも、多くの皆様に山梨ダルクをご理解いただき、共に歩んでいただければ幸いです。支援会へのご加入のほど、よろしくお願いいたします。

[加入方法]

以下の郵便振替口座に会費を納入いただきますと、加入の手続きが完了となります。

郵便振替口座番号	00220-6-81717
名称	山梨ダルクを支援する会
会費	個人１口（年額）　1,000円以上 団体１口（年額）　10,000円以上

三井ヤスシ（みつい・やすし）

1976年山梨県生まれ。イラストレーター。主に出版や広告の場で活動する。共著に星の語り部作『ねえ おそらのあれ なあに？』、もうりもりもり作『はた はた はた ふれ』（共にユニバーサルデザイン絵本センター）がある。

Special thanks to SASAKI Hiroshi、TŌYAMA Nobuko、NAKAYAMA Daisuke、YAMANASHI DARC、The Yamanashi Prefectural Police softball club、TAKEKOSHI Hideko、and　SHIMIZU Setsuko.

福音ソフトボール　山梨ダルクの回復記

2013年9月28日　第1刷発行

著　者　　三井ヤスシ
編集・発行人　　中野葉子
発行所　　ミツイパブリッシング
〒409-1501
山梨県北杜市大泉町西井出泉下6040-2
電話　050-3566-8445
E-mail　hope@mitsui-creative.com
URL　www.mitsui-creative.com/publishing

ISBN978-4-907364-01-4　C0095